Ludwig van Beethoven

Briefe von Beethoven an Maria Gräfin Erdödy, geb. Gräfin Niszky, und Mag. Brauchle

Ludwig van Beethoven

Briefe von Beethoven an Maria Gräfin Erdödy, geb. Gräfin Niszky, und Mag. Brauchle

Unveränderter Nachdruck der Originalausgabe von 1867.

1. Auflage 2024 | ISBN: 978-3-38613-164-3

Antigonos Verlag ist ein Imprint der Outlook Verlagsgesellschaft mbH.

Verlag: Outlook Verlag GmbH, Zeilweg 44, 60439 Frankfurt, Deutschland, info@outlook-verlag.de
Vertretungsberechtigt: E. Roepke, Zeilweg 44, 60439 Frankfurt, Deutschland
Druck: Libri Plureos GmbH, Friedensallee 273, 22763 Hamburg, Deutschland

Briefe von Beethoven

an

Marie Gräfin Erdödy, geb. Gräfin Niszky,

und

Mag. Brauchle.

Herausgegeben

von

Dr. Alfred Schöne.

***

Leipzig,

Druck und Verlag von Breitkopf und Härtel.

1867.

Herrn

Dr. Moritz Hauptmann

und Frau

Susette Hauptmann

zur

Feier ihrer silbernen Hochzeit

am 27. November 1866

in herzlicher Verehrung gewidmet

vom

Herausgeber.

Der Freundeskreis welchem Beethoven während seines langen
Aufenthaltes in Wien angehörte ist ein überraschend kleiner und stetig
sich verengender. Die Haupturfache davon ist in seiner Schwerhörigkeit
zu suchen, welche ihn, der ohnedieß eine einsame Natur war, men=
schenscheu und mißtrauisch machte, auch in der großen Reizbarkeit
seines Wesens und seinem empfindlichen Stolz der manche, auch gut
gemeinte Annäherungsversuche zurückwies. Mitwirkend waren ferner
manche schwere Enttäuschungen wie das ebenso leidenschaftlich erfaßte
als schnell und schmerzlich gelöste Verhältniß zu Gräfin Giulietta
Guicciardini. Endlich müssen die Zeitverhältnisse berücksichtigt werden.
Wien und ganz Östreich hatte in jener Zeit mehr als einmal die ganze
Gewalt der Napoleonischen Kriege und Staatsumwälzungen auszu=
halten. Nach wiederhergestelltem Frieden aber war die Geltung des
gewaltigen Meisters in Wien eher im Sinken als im Steigen; der
mächtigen Entfaltung seines Genius folgte vielmehr nur ein kleiner
auserwählter Kreis von Kunstfreunden, während das große Publi=
kum die einheimischen Dutzenderzeugnisse pflegte und der triumphi=
renden Muse Rossini's zujauchzte.

Beethovens Stellung zu diesen Zeitströmungen eingehend dar=
zustellen und das im Ganzen sehr trübe Bild der Aufnahme zu
zeichnen, welche er auf dem zur zweiten Heimath gewordenen Boden
fand, wird die Pflicht des künftigen Beethovenbiographen sein. Ihm
wird auch die ebenso dankbare als schwere Aufgabe zufallen, bei der

Schilderung von Beethovens künstlerischer Persönlichkeit diejenigen ihrer Grundzüge zu erforschen und darzustellen, vermöge deren Beethoven eben so wenig wie einst Michel Angelo die große Menge unmittelbar und unwiderstehlich zu bezwingen vermochte und welche seinen künstlerischen Erfolg so unbedingt an langsam vorschreitende energievolle und unermüdliche Arbeit der Hörer bindet. Nur Wenige führt angeborne Geistesanlage dem Höchsten zu, und nicht Viele sind es zu allen Zeiten gewesen, welche von Anfang an die lautere Herrlichkeit und Größe gerade jener herben und strengen Künstlernaturen durch die rauhe Schale hindurch erkannten, und deren begeisterte Zustimmung dann von der Nachwelt gerechtfertigt wird, welcher Gerechtigkeit zu üben so ungleich leichter gemacht ist. Ist auch die Zahl dieser im großen Sinne receptiv begabten Naturen immer eine kleine gewesen — gefehlt haben sie nie zu den Zeiten wo eine produktive Genialität unter uns wirkte. Aus ihren Reihen gingen die Freunde hervor, die jenen Unnahbaren, auf der Höhe Wandelnden treue sorgliche Berather waren. Sie nahmen ihnen die Lasten des täglichen Lebens ab, ebneten den Weg mit Rath und That, ihnen ist es zu danken wenn keiner jener Heroen seinen Weg einsam beschloß wie er ihn begonnen, und wenn er nicht von hinnen ging ohne das Glück herzlicher Neigung erfahren zu haben; und wo uns in dem gewaltigen Ringen und Kämpfen ihres Lebens auch einzelne Sonnenblicke begegnen wie sie innige Liebe und Freundschaft und anmuthige Scherz- und Wechselrede bringen, so ist es ihr Werk. Niemandem wird es entgehen, wie viel Michel Angelo's Leben verlieren würde, wenn der leuchtende Name Vittoria Colonna in ihm fehlte, und auch seinem Geistesverwandten, Beethoven, ist das Glück zu Theil geworden, in treuer und inniger Freundschaft mit einer edlen Frau verbunden zu sein.

„Gräfin Marie Erdödy geborne Gräfin Niszky, sehr schön, war in ihrem 15 oder 16 Jahre verheirathet und seit ihrem 19 Jahre

beſtändig krank. Sie ſpielte ganz ausgezeichnet Klavier und fand in
der Muſik ihre einzige Unterhaltung. Sie lebte theils in Wien theils
auf ihrem Gut Pankowitz, ſpäter ein Jahr in Padua, dann in
München wo ſie am 17 März 1837 ſtarb, 57 Jahre alt. Sie
ſorgte für Beethoven, brachte beſonders ſeine Akademiebillets unter,
ſchenkte ihm Wäſche u. ſ. w. Ihr Sohn ſtarb plötzlich bei ihr im
Zimmer. [1])

Soweit berichtet eine Quelle, deren Zuverläſſigkeit außer allem
Zweifel iſt und für den Kundigen durch ihre Nachrichten ſelbſt wie
durch die ihnen beigegebenen Briefe Beethovens die hier veröffentlicht
werden, gewährleiſtet wird. Ich verdanke ihre Mittheilung der Güte
des Herrn Profeſſor Otto Jahn, der mir dieſelben aus dem
reichen Schatze ſeiner Sammlungen und Vorarbeiten zur Ver-
öffentlichung freundlichſt überlaſſen hat. Einige Nachträge und
Erläuterungen füge ich hinzu.

Am 5 Decbr. 1808 ſchreibt Reichardt aus Wien (J. F.
Reichardt, Vertraute Briefe aus Wien Bd. 1. S. 189 f.): „Zu
einem andern recht angenehmen Diner ward ich durch ein ſehr freund-
liches herzliches Billet von Beethoven, der mich perſönlich ver-
fehlt hatte, zu ſeiner Hausdame, [2]) der Gräfin Erdödy, einer Un-

---

1) und zwar im Mai 1816 vgl. unten Nr. 2 S. 15.

2) Reichardt a. a. O. S. 166: „Auch den braven Beethoven hab’ ich
endlich ausgefragt und beſucht. Man kümmert ſich hier ſo wenig um ihn, daß
mir niemand ſeine Wohnung zu ſagen wußte, und es mir wirklich recht viel
Mühe koſtete, ihn auszufragen. Endlich fand ich ihn in einer großen, wüſten,
einſamen Wohnung. Er ſah anfänglich ſo finſter aus, wie ſeine Wohnung,
erheiterte ſich aber bald, ſchien eben ſowol Freude zu haben, mich wieder zu
ſehen, als ich an ihm herzliche Freude hatte; äußerte ſich über Manches, was
mir zu wiſſen nöthig war, ſehr bieder und herzig. Es iſt eine kräftige Natur,
dem Äußern nach cyklopenartig, aber doch recht innig, herzig und gut. Er wohnt
und lebt viel bei einer Ungariſchen Gräfin Erdödy, die den vorderen Theil
des großen Hauſes bewohnt, hat ſich aber von dem Fürſten Lichnowsky, der
den oberen Theil des Hauſes bewohnt, und bei dem er ſich einige Jahre ganz aufhielt, gänzlich getrennt.“ Aufſchluß über dieſen Vorfall giebt der Brief Beethovens

garischen Dame, eingeladen. Fast hätte mir da zu große Rührung
die Freude verdorben. Denkt euch eine sehr hübsche, kleine, feine
fünf und zwanzigjährige[3] Frau, die im funfzehnten Jahre verheirathet wurde, gleich vom ersten Wochenbett ein unheilbares Übel
behielt, seit den zehn Jahren nicht zwei, drei Monat außer dem
Bette hat sein können, dabei doch drei gesunde liebe Kinder geboren
hat, die wie die Kletten an ihr hängen; der allein der Genuß der
Musik blieb, die selbst Beethovensche Sachen recht brav spielt, und
mit noch immer dick geschwollenen Füßen von einem Fortepiano
zum andern hinkt, dabei doch so heiter, so freundlich und gut —
das Alles machte mich schon oft so wehmüthig während des Mahles
unter sechs, acht guten musikalischen Seelen."

Reichardt gedenkt der Gräfin Erdödy noch einige Male. So
a. a. O. S. 209. „Einige Tage später hatte mir Beethoven
die Freude gemacht, dasselbe angenehme Quartett[4] zur Gräfin von
Erdödy einzuladen, um mir etwas Neues von seiner Arbeit hören
zu lassen. Er spielte selbst ein ganz neues Trio[5] für Fortepiano,
Violin und Violoncell von großer Kraft und Originalität, überaus
brav und resolut. — Die liebe kränkliche und doch so rührend heitre
Gräfin, und eine ihrer Freundinnen, auch eine Ungarische Dame,
hatten solchen innigen, enthusiastischen Genuß an jedem schönen
kühnen Zuge, an jeder gelungenen feinen Wendung, daß mir ihr

---

an den Grafen Franz von Oppersdorf vom 1 Nov. 1808 (Nohl Briefe S. 55)
... Ich wohne grade unter dem Fürsten Lichnowsky, im Falle Sie einmal mir
in Wien die Ehre Ihres Besuches, bei der Gräfin Erdödy. Meine Umstände
bessern sich — ohne Leute dazu nöthig zu haben, welche ihre Freunde
mit Flegeln tractiren wollen. Auch bin ich als Kapellmeister zum König
von Westphalen berufen, und es könnte wohl sein, daß ich diesem Rufe folge."
Die unterstrichenen Worte scheinen gegen Lichnowsky gerichtet zu sein.

3) Sie war 1780 geboren, mithin damals 28 Jahr alt.

4) nämlich das von Schuppanzigh geleitete.

5) vgl. unten S. 12.

Anblick faſt eben ſo wohl that, als Beethovens meiſterhafte Arbeit und Exekution. Glücklicher Künſtler, der ſolcher Zuhörer gewiß ſein kann!“ Dann S. 285 (vom 31 Dec. 1808) : „Einen zwiefachen muſikaliſchen Abend habe ich wieder gehabt. Erſt ein Quartett bei der Gräfin Erböõy. Beethoven ſpielte ganz meiſterhaft, ganz begeiſtert, neue Trios, die er kürzlich gemacht, worin ein ſo himmliſcher kantabeler Satz (im Dreivierteltakt und in As dur) vorkam, wie ich von ihm noch nie gehört, und der das Lieblichſte, Graziöſeſte iſt, was ich je gehört; er hebt und ſchmilzt mir die Seele, ſo oft ich daran denke.“ Endlich noch S. 317 unterm 15 Januar 1809: „Dem Nachmittage folgte auch noch ein recht groß‑muſikaliſcher Abend bei der Gräfin Erböõy, wo Beethoven wieder neue herrliche Sachen ſpielte und wundervoll phantaſirte, und die Damen auch meinen Göthe und Petrarca hören wollten.“ Möglich daß bei den ziemlich großen Zeiträumen, welche die einzelnen Reichardtſchen Briefe umfaſſen, er ſich geirrt und dieſelbe Begegnung zweimal beſchrieben habe. Doch kommt dieß hier nicht in Betracht. Seine Schilderung der Gräfin Erböõy iſt lebendig und wird in ihren einzelnen Zügen durchweg durch die Briefe beſtätigt. Zur Ergänzung kann noch hinzugefügt werden was Schindler erzählt (1 Bd. S. 68 f. erſte Ausgabe) : „Auch weiß man von einem zarten Verhältniß mit einer Gräfin Marie Erböõy, welcher Beethoven die beiden wunderherrlichen Trios Opus 70 gewidmet hat. Doch ſcheint dieſes nur ein inniges Freundſchaftsverhältniß zwiſchen beiden geweſen zu ſein. Ich weiß darüber nichts Genaueres, als daß jene kunſtſinnige Dame ihrem Lehrer und Freund in dem Park eines ihrer Schlöſſer in Ungarn⁶) einen ſchönen Tempel erbaute, deſſen

---

6) vielleicht das oben genannte Paukowitz über welches ich eine nähere Nachricht nicht beibringen kann. Der Brief Nr. 1 bezieht ſich vermuthlich auf eine Reiſe ebendahin, welche die Gräfin unternommen hatte, und der dort

Eingang mit einer bezeichnenden Inschrift geziert ist, die in sinniger
Weise ihre Huldigung dem großen Künstler ausspricht."

Ein liebenswürdiger Zug von der Fürsorge der Gräfin für
Beethoven ist in einem seiner Billets an Zmeskall aufbewahrt
(Nohl Briefe Nr. 54 S. 61). Dort schreibt er: „Mir däucht, Sie
werden, mein lieber Z. wohl noch, nach dem Kriege. wenn er wirklich beginnen sollte, ⁷) zu Friedens-Legazionen sich anschicken — welch
glorwürdiges Amt!!! — Ich überlasse Ihnen ganz die Sache
mit meinem Bedienten auszumachen, nur muß die Gräfin Erböby
auch nicht den mindesten Einfluß auf ihn haben; sie hat ihm, wie
sie sagt, 25 fl. geschenkt, und monathlich 5 fl. gegeben, bloß damit
er bey mir bleiben soll, — diesen Edelmuth muß ich jetzt
glauben — will aber weiter auch nicht, daß er so fort ausgeübt
werden soll. — Gehaben Sie sich wohl u. s. w." Eng damit zusammen
hängt jedesfalls ein anderes Billet an Zmeskall (Nohl a. a. O. Nr. 51
S. 60) worauf der Empfänger als Datum d. 7 März 1809
bemerkt hat: „Ich konnte es wohl denken. — Mit den Schlägen,
dieses ist nur mit Haaren herbeigezogen; — diese Geschichte ist
wenigstens 3 Monathe alt — und ist bei weitem das nicht — was
er jetzt daraus macht. — Die ganze elende Geschichte ist von einem
Fratschlerweib und ein paar elenden anderen Kerls herbey geführt
worden, ich verliehre eben nicht viel, weil er wirklich durch
dieses Haus, wo ich bin, verdorben wird." Wenn man hiermit den
unten abgedruckten reuigen Brief Nr. 5 an die Gräfin in Verbin-
dung bringt, so läßt sich aus den vorhandenen Notizen mit Wahrscheinlichkeit als Sachverhalt gewinnen, daß Beethoven zurZeit da er
im Hause der Gräfin wohnte, eine der vielen heftigen Streitigkeiten

---

genannte „Ifistempel" spielt außer auf die Zauberflöte vielleicht auch auf den
oben (von Schindler) erwähnten Tempel an.

7) Diese Äußerung weist auf das Jahr 1808 oder 1809 für den undatir-
ten Brief.

mit seinem Bedienten hatte, der sich dabei auf die Gräfin berufen haben mag. Beethoven wird ihr in der ersten zornigen Aufwallung einen heftigen und mißtrauischen Brief geschrieben, und die Gräfin dann in ihrer Antwort um sich zu rechtfertigen ihm dargelegt haben, wie unverdient sie sein Mißtrauen treffe.

Wie lange das innige Freundschaftsverhältniß Beider bestanden hat, läßt sich aus den überaus kargen Nachrichten nicht mit Sicherheit bestimmen. Die Briefe welche datirt sind reichen von 1815 bis 1819. Allein bereits 1808 wohnte Beethoven im Hause der Gräfin, und wenn meine zu Nr. 10 S. 22 ausgesprochene Vermuthung sich bestätigte, so würde dieser Brief in den Novbr. 1826 fallen, so daß die Gräfin Erdödy unter die wenigen Freunde gehörte, welche treu bis an's Ende ausgehalten haben und sich selbst durch die minder erfreulichen Gemüthsveränderungen nicht abschrecken ließen, die das letzte Lebensjahr in Beethoven hervorrief.

Den Briefen an die Gräfin reihen sich einige Billets an ihren Hausgenossen, Beamten und Vertrauensmann[8] Brauchle, der an einigen Stellen unter dem, wie es scheint, scherzhaften Titel Magister figurirt. Sein Verhältniß zu Beethoven muß ein freundschaftliches und herzliches gewesen sein, obgleich ich in der mir zu Gebote stehenden Beethovenlitteratur nur einmal seiner Erwähnung gethan finde. Bei Thayer chronol. Verzeichn. Nr. 263 S. 196 findet sich nachstehender Kanon abgedruckt, dessen Autograph in der Berliner Bibliothek ist.

8) „Der ehrenwerthe Magister, ihr treuster Schildknab" nennt ihn Beethoven in Nr. 1 an die Gräfin.

Das auch Thayer unverständlich gebliebene Branchle ist der Name Brauchle und Linke ist der bekannte Cellist, dessen unten noch zu gedenken sein wird. Bedeutsamer aber als die Mehrzahl jener kleinen Notizen und selbst der meisten Briefe Beethovens an die Gräfin und ihren Vertrauensmann sind für ihr Freundschaftsverhältniß die Werke die er ihr gewidmet hat.

Zuerst (Thayer a. a. O. S. 74 Nr. 139) II Trios für Clavier Violine und Violoncell. D dur. Es dur. Op. 70, componirt 1808. Im Nachtrag theilt Thayer (a. a. O. S. 192 Nr. 139) die beiden eigenhändig von B. geschriebenen Titelentwürfe mit:

2 Trios

für die

Gräfin Erdödy

Gebohren Gräfin Niszky

für Sie geeignet

und Ihr zugeeignet

von Ludwig van Beethoven.

auf einem später darauf befestigten Blatte liest man:

2 Trios

der Gräfin Erdödy gebohren Gräfin Niszky gewidmet

Erstes Trio

von

Beethoven.

Zweitens (Thayer a. a. O. S. 129 Nr. 198) II Sonaten für Clavier und Violoncell oder Violine. C dur. D dur. Opus 102. componirt 1815. Der Titel der Originalausgabe lautet: Deux Sonates pour le Piano-Forte et Violoncelle et Violon par Louis van Beethoven dediées à Madame la Comtesse Marie Erdödy, née Comtesse Niszky. Oeuvre 102. No. 1. 2. 2579. 2580.   a Vienne chez Artaria et Comp.

Das „für Sie geeignet und Ihr zugeeignet" in der ersten Widmung spricht für das musikalische Talent und das Spiel der Gräfin.

Unter den Briefen an die Gräfin sind nur 4 von Beethoven selbst datirte. Ich stelle sie in chronologischer Folge voran. Die übrigen scheinen zumeist nach Jedlersee (eine Stunde nördlich von Wien am linken Donauufer gelegen und Station auf dem Weg nach P.) gerichtet zu sein und damit in eine frühere Zeit zu gehören. Die in Nr. 9 von Beethoven erwähnte Verbesserung in den Glücksumständen der Gräfin beziehe ich auf das ungarische Gut Paukowitz, wohin sie sich später (etwa in den Jahren 1815—17) gewendet zu haben scheint und welches vielleicht erst damals ihr Eigenthum wurde. Für einige der Briefe läßt sich eine annähernde Datirung gewinnen, worüber ich das Nöthige zu den einzelnen Briefen bemerkt habe. Auf die Briefe an die Erdödy folgen die Briefe an Brauchle, von denen keiner direkt datirt ist, aber die Meisten durch Benutzung einzelner Notizen annähernd zu bestimmen sind.

Der Abdruck giebt die Originale getreu wieder, Eigenthümlichkeiten in Orthographie, Satzbau und dialektischen Formen sind unverändert beibehalten.

Beethoven an Gräfin Marie Erdödy.

1.

Meine liebe verehrte Gräfin!

wie ich sehe dörfte meine Unruhe für Sie in Ansehung ihrer Reise in ihren theilweisen Leiden auf ihrem Reise=weege statt finden, allein — der Zweck scheint wirklich von ihnen können erreicht zu werden und so tröste ich mich und zugleich spreche ich ihnen nun Selbst Trost zu, wir endliche mit dem unendlichen Geist sind nur zu Leiden und Freuden gebohren, und beinah könnte man sagen, die ausgezeich= netsten erhalten durch Leiden Freude — ich hoffe nun bald wieder Nachrichten von ihnen zu empfangen, viel Tröstliches müssen ihnen wohl ihre Kinder seyn, deren aufrichtige Liebe und das Streben nach allem guten ihrer lieben Mutter schon eine große Belohnung für ihre Leiden sein können. — Dann kommt der ehrenwerthe Magister ihr treufter Schildknab — nun vieles andere Lumpenvolk worunter der Zunftmeister Violoncello, die nüchterne Gerech= tigkeit im Oberamt — wahrlich ein Gefolge wonach mancher König sich sehnen würde. — von mir nichts — das heißt vom nichts nichts — Gott gebe ihnen weitere Kraft zu ihrem Isis=

tempel zu gelangen wo das geläuterte Feuer alle ihre übel ver=
schlingen möge und sie wie ein neuer Phönix erwachen mögen.

Wien am 19 Weinmonath 1815.

in Eil

ihr

treuer

Freund Beethoven.

Der Magister ist Brauchle, der Zunftmeister Violoncello ist Lincke, Beethovens
langjähriger Freund und bevorzugter Cellist vgl. S. 28, die nüchterne
Gerechtigkeit im Oberamt ist Oberamtmann Sperl. Der ganze Familien=
und Freundeskreis der Gräfin ist verzeichnet in Nr. 18 S. 27.

2.

Wien am 15 May 1816.

Verehrte liebe Freundin!

Dieser Brief ist schon geschrieben, und heute begegne ich Lincke,
und ihr beweinungswürdiges Schicksaal den plötzlichen Verlust ihres
lieben sohnes — wo wäre hier Trost zu geben, nichts schmerzt mehr
als das schnell unvorhergesehne Hinscheiden derjenigen, die unß nahe
sind, so kann ich ebenfals meines armen Bruders Tod nicht ver=
geßen, nichts als — daß man denken kann, daß die geschwind hin=
weggeschiedenen weniger leiden — ich nehme aber den innigsten
Antheil an ihrem unersetzlichen Verlust — vieleicht habe ich ihnen
noch nicht geschrieben, daß ich ebenfalls mich schon lange gar nicht
wohl befinde, mit eine Ursache meines langen Stillschweigens nun
noch obendrein die Sorgen für meinen Karl, den ich oft in meinem
Sinn gedacht habe an ihren lieben sohn anzuschließen — Wehmuth
ergreift mich um ihretwillen und auch um meinetwillen, da ich ihren
sohn geliebt. — Der Himmel wacht über sie, und wird ihre schon

ohnedem große Leiden nicht vermehren wollen, wenn sie auch in ihren Gesundheitsumständen noch mehr wanken sollten, denken sie ihr Sohn hätte in die Schlacht gemüßt, und hätte dort wie Millionen seinen Tod gefunden, dann sind sie noch Mutter zweier lieber hoffnungsvollen Kinder. — ich hoffe bald Nachrichten von ihnen weine hier mit ihnen, geben sie übrigens allem geschwätz, warum ich nicht sollte an sie geschrieben haben, Gehör, auch Linke nicht, der ihnen zwar zugethan ist, aber sehr gern schwätzt — und ich glaube daß es zwischen ihnen meine liebe Gräfin und mir keiner Zwischenträger bedarf. in Eil mit Achtung

ihr

Freund

Beethoven.

Der hier erwähnte Karl ist Beethovens Neffe für welchen er nach dem im Novbr. 1815 erfolgten Tode seines Bruders, Karl van Beethoven zu sorgen hatte.

3.

Meine verehrte leidende Freundin! wertheste Gräfin.

Zu viel bin ich die Zeit herumgeworfen, zu sehr mit Sorgen überhäuft und seit den 6 Oktober 1816 schon immer kränklich, seit 15 Oktober überfiel mich ein starker Entzündungs-Chathar, wobei ich lange im Bette zubringen mußte, und es mehrere Monathe währte, bis ich nur spärlich ausgehen durfte, die Folgen davon waren bisher noch unvertilgbar, ich wechselte mit den Ärzten, da der Meinige ein pfiffiger Italiener so starke Nebenabsichten auf mich hatte und ihm sowohl Redlichkeit als Einsicht fehlte; dies geschah im April 1817. ich mußte nun den 15 April bis 4 Mai alle Tage 6 Pulver gebrauchen, 6 Schalen Thee; dies dauerte bis

4 Mai; von dieser Zeit an erhielt ich wieder eine Art Pulver wovon ich wieder 6 des Tages nehmen mußte, und mich 3mal mit einer volatilen Salbe einreiben mußte, dabei reißte ich hieher, wo ich die Bäder gebrauche. Seit gestern erhielt ich nun wieder eine Medizin, nemlich 1 Tinktur, wovon ich des Tages wieder 12 Löffel nehmen mußte. Alle Tage hoffe ich das Ende dieses betrübten Zustandes, obschon es sich etwas gebessert hat, so scheint es doch noch lange zu währen bis ich gänzlich genesen werde.

Wie sehr dies alles auf mein Dasein wirken muß, können Sie denken! mein Gehörs-Zustand hat sich verschlimmert, und schon ehmals nicht fähig für mich und meine Bedürfnisse zu sorgen, jetzt als noch . . . . . und meine Sorgen sind noch vergrößert durch meines Bruders Kind. Hier habe ich noch nicht einmal eine ordentliche Wohnung, da es mir schwer wird, für mich selbst zu sorgen, so wende ich mich bald an Diesen bald an Jenen, und bin ich überall übel belassen, und die Beute elender Menschen. Tausendmal habe ich an Sie, liebe verehrte Freundin gedacht und auch jetzt, allein der eigene Jammer hat mich niedergedrückt. C. hat mir Linkes Brief übergeben, er ist bei Schwab, ich habe ihm kürzlich geschrieben, um mich zu erkundigen, was wohl die Reise zu Ihnen kosten würde? habe aber keine Antwort erhalten; da mein Neffe Vacanzen hat vom letzten August bis Ende October, so könnte ich alsdann, wenn ich vielleicht hergestellt bin, zu Ihnen kommen, freilich dürfte es uns an Zimmern zum studiren, und einem bequemen Dahin nicht fehlen, und wäre ich eine Zeit lang einmal unter allen Freunden, welche sich ungeachtet diesen oder jenen Teufels Menschen-Zeug noch immer um mich herum erhalten haben, so würde vielleicht Gesundheits Zustand und Freude wiederkehren. Linke mußte mir schreiben auf welche Art ich die Reise am wenigsten kostspielig machen kann, denn leider sind meine Ausgaben so groß und durch mein Kranksein, da ich wenig schreiben kann, meine Einnahme klein und dieses kleine Capital, woran mein verstorbener Bruder Schuld ist, daß ich es habe, darf ich nicht angreifen, da mein Gehalt immer weniger und beinahe n i c h t s ist, so muß ich dieses bewahren. Offen schreibe ich ihnen theuerste Gräfin allein eben deßwegen werden sie selbe nicht mißverstehen wollen, ich bedarf dessen ungeachtet nichts und würde gewiß nichts von ihnen annehmen; es handelt sich nur um die größt möglichste sparsamste Weise, um zu ihnen zu kommen; alles ohne Unterschied ist jetzt in der Lage h i e r a u f zu denken, daher sei meine Freundin hierüber nicht betroffen.

Ich hoffe ihre Gesundheit in immer erwünschteren Zustande, als ich früher vernehmen mußte. Der Himmel möge doch ihren Kindern die vortrefflichste Mutter erhalten, ja schon bloß deswegen verdienten Sie der ihrigen wegen, die höchste Fülle der Gesundheit. Leben Sie wohl! beste verehrteste Gräfin, lassen sie mich bald von ihnen hören,

Heiligenstadt 19 Juni 1817.

ihren wahren Freund

Beethoven.

4.

Alles Gute und Schöne meiner lieben verehrten mir theuren Freundin

von ihrem wahren

und Sie verehrenden Freunde

L. v. Beethoven.

in Eil am 19 Dec. 1819
bald komme ich selbst.

5.

Meine liebe Gräfin ich habe gefehlt, das ist wahr — verzeihen sie mir, es ist gewiß nicht vorsetzliche Boßheit von mir, wenn ich ihnen weh gethan habe — erst seit gestern Abend weiß ich recht wie alles ist, und es thut mir sehr leid, daß ich so handelte — lesen sie ihr Billet kaltblütig, und urtheilen sie selbst, ob ich das verdient habe, und ob sie damit nicht alles Sechsfach mir wiedergegeben haben, indem ich sie beleidigte ohne es zu wollen schicken sie noch heute mir mein Billet zurück, und schreiben mir nur mit einem Worte, daß sie wieder gut sind, ich leide unendlich dadurch, wenn sie dieses nicht thun, ich kann nichts thun, wenn das so fortdauern soll — ich erwarte ihre Vergebung.

Dieser Brief wird mit Wahrscheinlichkeit (vgl. oben S. 10) auf das Jahr 1808 oder 1809 bezogen, wo B. im Hause der Gräfin Erdödy wohnte.

6.

Meine liebe werthe Gräfin!

Mit vielem Vergnügen habe ich ihre letzten Zeilen empfangen, in dem Augenblick kann ich aber nicht ihren lieben Brief finden um ihn ganz zu beantworten — was das trio anbelangt, so machen sie mirs nur zu wissen ob Sie selbes wollen bey sich abschreiben lassen oder ob ich's über mich nehmen soll? beydes ist mir einerley und was ihnen am gemäßesten ist wird mir das liebste seyn — Hr. Linke der was rechtes für sich hat wegen seiner morgigen Akademie, eilt, daher nur noch alles liebe gute ihnen und ihren Kindern, und die nächste Gelegenheit ergreife ich um in ihrer aller Mitte zu sein, bis dahin leben sie wohl liebe werthe Gräfin.

Für die Frau Gräfin Marie Erdödy   ihr
      gebohrne Gräfin Nizky.   wahrer
                           Freund
                              Beethoven.

7.

Ich hörte, meine werthe Gräfin, daß Sie eine Apotheke hier haben, wo man ihnen die Briefe zuschicken könne, indem ich glaubte, daß Sie was ich in Ansehung des Trio geschrieben, nicht hätten lesen können, — ich sehe daß die Violin und Violonschellstimmen dorten schon geschrieben, schicke selbe ihnen mit, welche sie so lange gebrauchen können, als ich's nicht zum Stich gebe. — Ich habe viel Vergnügen an ihrer lieben Tochter M. Schreiben, und wünsche sie wie ihre liebe Mutter sammt allen ihren zugehörigen bald zu sehen, welches ich auch, sobald mir nur immer möglich, bewerk-stelligen werde — leben sie wohl werthe Gräfin.

Sobald Brauchle die Stadt betritt,   ihr

soll er mich besuchen, bis 12 uhr   wahrer

Vormittags bin ich immer zu finden.   Freund

Beethoven.

Die beiden Briefe 6 und 7 gehören vermuthlich in das Jahr 1811. Ich schließe das aus der darin vorkommenden Erwähnung des Trio, welches das dem Erzherzog Rudolf gewidmete sein wird Opus 97, componirt 1811 (vgl. Thayer a. a. O. S. 86 Nr. 164). Aus Thayer ist zu ersehen, daß die erste Aufführung dieses Trio's stattfand in einem Konzert zu einem wohl-thätigen Zwecke von Schuppanzigh, am 11 April nach Schindler 1, 197, veranstaltet. Beethoven spielte das Klavier, Lincke das Cello, Schuppanzigh die Geige. Wenn die obige Vermuthung richtig ist, so wäre unter der „morgigen Akademie" in Nr. 6 eben diese oder die zweite im Monat Mai stattgefundene Aufführung gemeint, und das Billet entweder auf 10 April oder Monat Mai 1811 zu datiren. Möglich wäre auch noch, unter dem Trio eines der beiden der Gräfin gewidmeten und 1808 komponirten Trios zu verstehen.

8.

Meine liebe werthe Gräfin!

Sie beschenken mich schon wieder, und das ist nicht recht, sie benehmen mir dadurch alles kleine Verdienst, was ich um sie haben würde. Ob ich morgen zu ihnen kommen kann, ist ungewiß, so sehr auch meine Wünsche dafür; aber in einigen Tagen gewiß, sollte es auch nur Nachmittags sein. Meine Lage ist dermalen sehr verwickelt, mündlich mehr darüber, grüßen sie und drücken sie alle ihr mir lieben Kinder an ihr Herz. Dem Magister eine sanfte Ohrfeige, dem Oberamtmann ein feyerliches Nicken, dem Violonzello ist aufzutragen, sich aufs linke Donau-Ufer zu begeben und so lange zu spielen, bis alles vom rechten Donau-Ufer herübergezogen wird, auf diese Weise würde ihre Bevölkerung bald zunehmen. Ich setze übrigens getrost den Weeg wie vorhin über die Donau, mit Muth gewinnt man allenthalben, wenn er ge rech t ist. Ich küsse ihnen vielmehr die Hände, erinnern sie sich ihres Freundes

Schicken sie also keinen Wagen, lieber w ag e n!   Beethoven.
als einen Wag e n!
An die Frau Gräfin Erdödy geb. Gräfin Nisky.
Die versprochenen Musikalien folgen aus der Stadt.

9.

Verzeihen sie werthe Gräfin das So lange zurückbehalten ihrer Musikalien, ich wollte nur eine Abschrift davon haben, allein der Copist hat mich so lange warten lassen. hoffentlich seh' ich sie bald wieder und länger als gestern, ich drücke ihre lieben Kinder in Gedanken an mein Herz, und bitte Sie auch den andern, welchen etwas daran liegt, von meinetwegen zu erwähnen. — Herzlich freue ich mich über den Fortgang ihrer Genesung, und eben über ihre (die Sie so sehr liebe G. verdienen) vermehrten Glücks Umstände, obschon ich wünsche, daß Sie mich nie unter die darauf rechnenden zählen mögen. Das herzlichste Lebewohl   von ihrem

Für die Frau Gräfin Erdödy   Freunde
     gebohrne Gräfin Nizky.   Beethoven.

10.

Liebe liebe liebe liebe liebe Gräfin ich gebrauche Bäder mit welchen ich erst morgen aufhöre, daher konnte ich sie und alle ihre lieben heute nicht sehen — ich hoffe sie genießen einer bessern Gesundheit, es ist kein Trost für bessere Menschen, ihnen zu sagen, daß andere auch leiden, allein Vergleiche muß man wohl immer anstellen, und da findet sich wohl, daß wir alle nur auf eine andere Art leiden, irren. — nehmen sie die bessere Auflage des Quartetts und geben sie sammt einem sanften Handschlag die schlechte dem Violoncello, sobald ich wieder zu ihnen komme soll meine Sorge seyn selben etwas in die Enge zu treiben, — leben sie wohl drücken küssen sie ihre lieben Kinder in meinem Namen, obschon es fällt mir ein, ich darf die Töchter ja nicht mehr küssen, sie sind ja schon zu groß, hier weiß ich nicht zu helfen, handeln sie nach ihrer Weisheit. Liebe Gräfin

An die Frau Gräfin   ihr

   Marie Erdödy.   wahrer Freund und Verehrer

                                              Beethoven.

Die Erwähnung der „besseren Auflage des Quartetts" gegenüber der schlechteren erinnert sehr lebhaft an das Quartett B dur Opus 130 componirt 1825, aufgeführt 21 März 1826 (Thayer a. a. O. 156 Nr. 255). Der letzte Satz (Thayer a. a. O. Nr. 256) mißfiel und wurde von Beethoven durch ein anderes Finale ersetzt, welches er im Novbr. 1826 in Gneixendorf componirte, wo er sich zur Erholung bei seinem Bruder aufhielt (vgl. D M Z 1826 S. 77 ff), von Schindler bezeichnet als sein Schwanenlied. Damit würde der vorliegende Brief herabgerückt bis mindestens in den November 1826, und für ein spätes Lebensjahr Beethovens spricht auch die launige Bemerkung über die Töchter. Die Mehrzahl „Töchter" ist übrigens auffällig. In den übrigen Notizen (vgl. Nr. 18) ist immer nur von einer Tochter und zwei Söhnen die Rede. Dies ist allerdings der Hauptgrund der für das Jahr 1826 spricht. Im Übrigen hat die mir von Hrn. Prof. O. Jahn mitgetheilte Vermuthung weit mehr für sich, daß der obige Brief dem Jahre 1816 angehöre und sich auf das Quartett F moll beziehe (vgl. O. Jahn Ges. Aufsätze über Musik, S. 322.)

Beethoven an Brauchle.

11.

Ich bin nicht wohl, lieber B. doch, sobald ich mich besser befinde, besuche ich sie, verdrießlich über vieles, empfindlicher als alle andern Menschen und mit der Plage meines Gehörs finde ich oft im Umgange anderer Menschen nur Schmerzen. Ich hoffe daß unsere liebe Frau Gräfin sich immer besser befindet. Dem Violoncello lassen sie einen Kuglhupfen in Form eines Violonschells backen, damit er sich darauf üben kann, wenn auch nicht die Finger, doch den Magen und das Maul.

Sobald ich kann, komme ich auf einige Tage zu ihnen, ich werde die beiden Violonzellsonaten mitbringen. Leben Sie wohl! alle 3 Kinder küsse und umarme ich in Gedanken; das Aber steht ebenfalls mit obenan bei mir.

Leben Sie wohl lieber B.

Alles Schöne und Gute der Gräfin für ihr Heil.

ihr

Beethoven.

Die Erwähnung der beiden Violoncellsonaten führt auf das Jahr 1815 wo die zwei der Gräfin gewidmeten Sonaten entstanden (Thayer a. a. O. S. 129 Nr. 198).

12.

Lieber Brauchle!

Kaum bin ich bey mir, so finde ich meinen Bruder lamentirend fragen nach den pferden — ich bitte sie, erzeigen sie mir die Gefälligkeit, sich doch nach laugen Enzersdorf zu begeben wegen den pferden, nehmen sie auf m e i n e K o s t e n pferde in Jedlersee, ich werde es ihnen herzlich gern vergüten — Seine Krankheit (meines Bruders) bringt schon eine gewisse Unruhe mit, laßen sie uns doch helfen wo wir können, ich muß nun e i n m a l s o u n d n i c h t a n d e r s h a n d e l n ! — ich erwarte eine baldige Erfüllung meiner bitte und eine freundschaftliche antwort deswegen von ihnen — scheuen sie keine Unkosten, ich trage sie gern. Es ist nicht der Mühe werth wegen lumpigen einigen Gulden jemanden leiden zu laffen. —

Alles schöne der lieben Gräfin.   in Eil

ihr

wahrer Freund

Beethoven.

Aus der Erwähnung des kranken Bruders geht hervor, daß das Billet vor November 1815, dem Todesjahre deffelben geschrieben ist.

13.

Ich komme mein lieber heute nicht — doch Morgen Abend oder höchstens übermorgen früh gewiß — es wäre übel — wenn sie bloß nach meinem bey ihnen sein meine Zuneigung für die Gräfin und für sie alle abmeffen wollten — Es giebt Ursachen an dem Benehmen der Menschen, die sich nicht immer gern erklären laffen, und die doch eine unauflösliche Nothwendigkeit zum Grunde haben —

sehr lieb wär mirs, wenn die liebe Gräfin mir eine Flasche Spaa-
wasser schickte, ich mag es eben nicht so lange aussetzen — übrigens
bleibe ich   dero Schuldner und Freund

Beethoven.

14.

Es ist noch alles so in Verwirrung mit mir — daß ich noch
immer nicht dran denken konnte, das, was mir so lieb bey ihnen zu
seyn zu erfüllen — vielleicht heute, Morgen, doch höchstens übermorgen bin ich bey ihnen — die elenbesten alltäglichsten unpoetische
Scenen umgeben mich — und machen mich verdrießlich — ich werde
wohl bey allen Gefälligkeiten der Gräfin auch noch jene nur auf
einige Täge ein Klavier von ihr im Zimmer zu haben das Maaß
meiner Unbescheidenheit voll machen müssen, indem mir S ch a n z
ein so schlechtes geschickt hat, so daß ers bald wieder zurücknehmen
muß, und ich dieses, da ichs nicht behalten kann, nicht hinausschicken
mag — in Eil alles Schöne an die liebe gute Gräfin — ich verdiene
alles das nicht, und meine Verlegenheit wird immer größer, wenn
ich daran denke, wie ich das gut machen soll —

Für Herrn   ihr Freund

Herrn v. Brauchle.   Beethoven.

15.

Bester Magister Schicken sie ihren Bedienten Dienstags in der
Frühe in meine Wohnung in der Stadt, wo das Versprochene für
die Gräfin, die ich nebst ihren angehörigen von Herzen grüße, bereit
liegt — Vermuthlich sehe ich Sie bald. —   ihr

Für Hr. von Brauchle bey der Gräfin Erdödy.   Beethoven.

Dieses Billet ist schon vor 3 Tägen geschrieben.

(m. Bleist. auf der Adr.)

16.

Mein lieber B., es wird mir sehr schwer werden, so gern ich auch wollte, schon heute zu ihnen zu kommen, es war mein Wille und Wunsch schon mit Sack und Pack heute bey ihnen zu lauden — für diesen Augenblick sehe ich noch nicht die Möglichkeit für heute ein, elende zeit verderbende Geschäfte, die ich noch diesen Vormittag habe, können erst bestimmen, was diesen Nachmittag geschehen kann, — sollte es heut noch nicht seyn, dann in einigen Tägen gewiß, — Es hat mich Mühe gekostet, mir mehrere Bedenklichkeiten in Rücksicht dieser Sache selbst zu entnehmen, und ich glaube auch, daß es wirklich zum festen Entschluß bey mir geworden, zu der Gräfin zu kommen — daher ich gewiß eilen werde, um so mehr da sich meine Natur jetzt nur mit der schönen Natur vertragen kann, und ich sonst keine Anstalten getroffen habe, dieser meiner unüberwindlichen Neigung an irgend einem andern Ort zu entsprechen — Tausend Empfelungen und Wünsche für Sie und für die Gräfin.

ganz

Für Herrn v. Brauchle.

Ihr

Beethoven.

Als Anhang gebe ich 2 kleine Schriftstücke welche von der ungezwungenen Heiterkeit der Gräfin Erdödy und ihres Familienkreises zeugen.

17.

Ich kam von Jedlersee als Both
Zum ersten Composteur nach Gott.
Der Gräfin von Erdödy Gnaden
Läßt Sie zum Punsche laden,

Und was das Land noch sonsten beut.
Der Wagen steht zweispännig schon bereit,
Um Sie mit mir dahin zu fahren
Bis halb zwei Uhr werd' ich Ihrer harren.

den 20 Juli 1815.   Sperl
                                 Oberamtmann.

18.

Auf einem zierlich geränderten Briefbogen von der Hand der Gräfin Erdödy.

Apollons erster Sohn!
Du größter großer Geister,
Der Tonkunst erster Meister,
Den jetzt Europa kennt,
Dem selbst Apollo fröhnt,
Und von dem Musenthrone
Belohnt mit seiner Krone:
Erhöre unsere Bitte,
Bleib heut in unsrer Mitte —
Der große Mann Beethoven
Gibt Fiat unserm Hoffen.

> Marie die Alte
> Marie die Junge.
> Fritzi der Einzige
> August detto
> Magister ipse
> Violoncello das verfluchte.
> Aller Reichs Baron
> Ober = Mann = Amt.

An die

die lorbeerbekrönte Majeſtät

der erhabenen Tonkunſt

Ludwig v. Beethoven

ſehnlichſte Bitte der Jebleſeer

Muſen

daß ihr geliebter Apollo

noch den heutigen Tag

in ihrer Mitte zubringen

möge.

Fiat.

Die etwas ungewöhnliche Bezeichnung welche hier dem Violoncello gewidmet wird, ſcheint bei ihrem Inhaber beſonders beliebt geweſen zu ſein. Vgl. Nohl Briefe S. 278 Nr. 322, das bekannte Blatt auf dem ſich die bei der erſten Aufführung des Es dur Quartetts im März 1825 mitwirkenden verpflichten „bei Ehre ſich auf das Beſte zu verhalten, auszuzeichnen und gegenſeitig hervorzuthun." Die Unterſchriften lauten:

Schuppanzigh m. p.

Weiß.

Linke m. p.

Des großen Meiſters verfluchtes Violoncello.

Holz m. p.

Der letzte, doch nur bei der Unterſchrift.